魔法圖書館❽

怪奇糖果屋

彼得潘
桃樂絲
愛麗絲
紅髮安妮
毛克利

Fantasia
人魚公主
阿拉丁

人物介紹

佳妮

處事小心謹慎，但無法抵擋美食的誘惑，經常因此放下警戒。雖然可能會被信賴的人背叛而陷入危機，但總是能以善良的心克服重重困難。

妮妮

和喜歡冒險一樣，喜歡甜食。不會以貌取人，所以和誰都能很快成為朋友。相信比起眼前所見的事物，還有更重要的東西等著她去發現。

托米

雖然是守護「波普斯」魔法圖書館的大魔法師，卻意外被黑魔法師的魔咒變成史萊姆，不過也多虧如此，才能隨心所欲變化身體來幫助佳妮和妮妮。

漢賽爾

運用他在原著中曾經迷路和被關起來的經驗，變成找路和打造祕密通道的高手。勇敢卻不莽撞，對每件事都小心翼翼。

葛麗特

個性溫柔、善良，會為在森林裡迷路的人提供餅乾和熱牛奶，卻因為這親切的態度，讓她和哥哥陷入意想不到的危機中。

黑魔法師

用盡各種手段，企圖主宰范特西爾的邪惡魔法師，這次他會使出什麼詭計呢？

巫婆

據說個性惡毒，還會吃小孩，所以被大家討厭，但是她真的和傳聞中一樣可怕嗎？

目錄

序章
我喜歡的糖果是?
那不是妮妮嗎?

你在這裡做什麼?
妮妮!
嚇到!
姐姐!

你是不是有事瞞著我?
沒有,絕對沒有。

太奇怪了,快從實招來!
其實……我是瞞著媽媽出來買零食的。
真巧,我也想吃零食,一起去買吧!

姐姐，我們在這家店買吧！
店面好老舊……新一點的店會不會比較好？

是嗎？我覺得沒差啊！

ATM
這家店呢？店面又新又漂亮。
好。

這包餅乾的包裝好可愛。
看包裝又不能知道味道如何。

妮妮，你聽過「佛要金裝，人要衣裝」嗎？
姐姐，我只知道「金玉其外，敗絮其中」。

選這個吧！
這張圖看起來
很好吃。
妮妮，你
也是看包裝
選的呀！

嘿嘿！我們
就買這個吧？
好啊！

這包糖果
好貴，竟然
要200元！
真的耶！
它一定很
好吃。

如果不好吃，
我應該會生氣。
我現在就
嚐嚐看。

糟了，
我的糖果……
啪！
妮妮，抓住
我的手！

第1章

拜訪糖果屋

佳妮和妮妮掉在鬆軟的雪堆上，兩人一站起來，香甜的味道就撲鼻而來。

「森林裡怎麼會有一股甜絲絲的味道呢？」

「真奇怪，我們去看看吧！」

姐妹倆跟著香甜的味道前進，抵達了一間她們只在書上看過的房子。

哇！

姐妹倆被香甜又可愛的糖果屋吸引，不知不覺走進院子裡，妮妮還蹲下來摘了一朵糖果花。

佳妮見狀，緊張的伸手阻止。「妮妮，快放回去，糖果屋裡住著巫婆呢！」

妮妮俏皮的眨眨眼。「別擔心，我們一定也能像漢賽爾與葛麗特一樣擊敗巫婆，因為我們有萬能的魔法之書啊！」

但佳妮還是很擔心。「即使如此，不怕一萬，只怕萬一……」

不等佳妮說完，妮妮再次說服她。「如果不是來到這裡，我們怎麼可能看到真正的糖果屋，還可以品嘗這些前所未見的糖果呢？當然要把握這個好機會囉！」

在佳妮還在猶豫的時候，妮妮已經迫不及待的將糖果花放入嘴裡了。

舌尖上傳來的甜蜜滋味，讓妮妮睜大了眼睛。「超好吃！姐姐，你快來吃吃看。」

佳妮接過妮妮遞來的糖果花，放進嘴裡後，和妮妮一樣睜大了眼睛。

「真的超好吃！」

食慾大開的姐妹倆，開始品嘗用各種甜點做成的屋子和院子。佳妮享用著用餅乾做成的籬笆，妮妮則吃起牆壁上的泡芙和馬卡龍。

「這些甜點都是我從來沒吃過的味道！」佳妮的雙眼骨碌碌的轉著，挑選接下來要吃的糖果。

「姐姐，你吃吃看這個軟糖。起初是草莓的味道，接著是芒果，最後是香蕉，口感和冰塊一樣清涼，又和雲朵一樣鬆軟，太神奇了！」

佳妮和妮妮乾脆找個位置坐下，大吃特吃各種甜點。這時候，糖果屋的門發出「嘎吱」的聲音，打開了。

突如其來的開門聲，讓佳妮和妮妮拿著甜點的手瞬間凍結在半空中。

「糟糕，我們都忘了這裡是巫婆的家！」

姐妹倆顧不得嘴角還沾著餅乾屑，緊張的看向門的方向。

嘎吱！

從門後走出來的不是巫婆，而是個看起來和妮妮差不多大，白皙臉龐上有著粉紅雙頰的女孩。

幸好走出來的不是巫婆，但佳妮還是趕緊開口：「對不起，我們不是故意吃了你的家……」

「別擔心，糖果屋本來就是為肚子餓的人建造的，你們可以盡情的吃。」女孩微笑著說。

女孩的話讓姐妹倆鬆了一口氣，佳妮率先打招呼。「你好，我是佳妮，她是我的妹妹妮妮。」

女孩害羞的說：「你們好，我是葛麗特。」

很高興認識你們。

「我們竟然這麼快就見到主角了。」

「原來你是葛麗特，那漢賽爾是你的哥哥吧？」

「是的。」

「這裡不是巫婆的家嗎？」

「你明明知道這裡是巫婆的家，還敢拿糖果來吃？」

「我想和你們一樣，勇敢的打倒巫婆呀！」

「你的想法真特別，但是現在沒有巫婆，只有我和哥哥住在這裡，你們可以放心。」

「你們為什麼住在森林裡？」

「因為我跟哥哥想幫助和我們以前一樣，在森林裡迷路的人。」

「你們真善良！」

「外面有點冷，你們要不要進來喝杯熱牛奶？」

走進糖果屋的佳妮和妮妮不禁發出讚嘆聲，因為屋內的裝潢既漂亮又時髦，就像一間高級的咖啡廳。

看著葛麗特走進廚房的背影，妮妮對忙著參觀的佳妮說起悄悄話：「姐姐，葛麗特走路的樣子怎麼有點像老婆婆？她的腳受傷了嗎？」

佳妮想了一會兒才回答妮妮：「要整理這麼漂亮的糖果屋，一定讓她累壞了，才會不小心受傷吧！」

妮妮點點頭。她看到葛麗特拿來熱牛奶，趕緊拉開椅子。

「你先坐下來休息。」

葛麗特被妮妮的舉動嚇了一跳，突然打起嗝來。「你、嗝、太、嗝、好心了。」

佳妮為葛麗特倒了一杯熱牛奶。「我們不要緊，你先喝。」

葛麗特慌張的推開佳妮和妮妮，站了起來。「我、嗝、沒事。」

看著這樣的葛麗特，佳妮心疼的想著：她一定是因為經常照顧別人，反而不習慣被照顧，才會覺得不好意思……

「有什麼我們可以幫你的嗎？」佳妮輕撫著葛麗特的頭問道。

葛麗特平靜下來後，才小心翼翼的開口：「你們可以和我一起修復被吃掉的房子和院子嗎？」

佳妮微笑的點點頭，妮妮則興奮的拍起手。「沒問題，好像很有趣！」

葛麗特被妮妮的反應嚇到，差點打翻手中的杯子。「這件事值得這麼開心嗎……」

佳妮和妮妮跟著葛麗特來到廚房，用擀麵棍擀著麵團，再用模具做出形狀，接著陸續放進烤箱裡，一步一步製作各式各樣的點心。

佳妮問妮妮和葛麗特會不會累，妮妮笑著回答：「不會，想到我們做的麵包和餅乾能幫助肚子餓的人，我反而充滿幹勁呢！」

妮妮說完後，葛麗特的表情突然變得很僵硬，手上的動作也停了下來。

察覺到葛麗特不太對勁，妮妮小心翼翼的問：「葛麗特，我說錯話了嗎？」

葛麗特揮揮手，慌張的回答：「不是，因為你一心想要幫助別人，甚至樂此不疲，我覺得很奇特，才會這樣……」

葛麗特轉過頭，避開姐妹倆的視線，想要轉移她們的注意力，此時窗外正好下起了雨。「糟了，糖果屋不能淋雨！」

佳妮發覺大事不妙。「妮妮，你從魔法之書拿點東西出來吧！」

妮妮思考了一會兒，從魔法之書拿出一把雨傘，然後把它放在窗外並對著雨傘大喊：「請你變成巨大的雨傘，保護糖果屋，不要讓它淋溼！」

妮妮的話剛說完，雨傘立刻飛到屋頂上，撐開後不斷變大，為糖果屋擋去風雨。看到這個情景，葛麗特的眼睛一亮。「好厲害！」

妮妮晃了晃魔法之書。「我們隨時可以從魔法之書拿出需要的東西。」

轟隆！

外面忽然傳來巨大的雷聲，斗大的雨滴與刺眼的閃電交織，天氣頓時變得很惡劣。

葛麗特看著窗外，皺起眉頭。「好奇怪，這裡的天氣很少這麼糟糕……」

「難道是發生什麼事了？」

佳妮的腦中浮現一個想法，妮妮似乎也想到同一件事，姐妹倆的表情瞬間變得凝重。妮妮看向佳妮，正準備開口時——

砰！

糖果屋的門突然被人以極大的力道打開。

轟隆隆！

閃電與雷聲在漆黑的天空下，讓人有了近在眼前的錯覺。接著，門口浮現一抹又黑又長的影子，看到這個景象，佳妮和妮妮嚇得尖叫。

哇啊！

轟隆！
轟隆隆！
是誰？
砰！
姐姐，
我好害怕！

你們好，我是漢賽爾。

脫下被雨淋溼的外套，出現了一位和葛麗特一樣有著一頭金髮的男孩。

「我哥哥回來了。」葛麗特向佳妮和妮妮介紹漢賽爾。

佳妮和妮妮覺得自己太大驚小怪，羞愧的低著頭。

「你好，我們是佳妮和妮妮，很抱歉對著你大叫。因為閃電造成的逆光，讓你看起來很可怕，我們不是故意的……」佳妮支支吾吾的解釋。

漢賽爾面無表情的看著佳妮和妮妮，但是當姐妹倆抬起頭後，他的態度立刻變得親切。

「沒關係，別放在心上，很高興認識你們。」

漢賽爾說的話讓佳妮和妮妮鬆了一口氣，她們開心的回應。「我們也很高興認識你。」

「屋頂上的巨大雨傘是你們帶來的嗎？」

「是我們從魔法之書拿出來的。」

「不愧是傳說中的魔法之書。」

「你知道魔法之書？我拿給你看。」

「每個人都可以碰它嗎？還是只有你們才能使用呢？」

「我不知道，但如果只是摸一下，應該沒關係。」

「原來如此……」

「哥哥，我拜託你去村子裡買的東西呢？」

「一袋麵粉對吧？在這裡。」

「你在村子裡有聽說什麼事嗎？」

「沒有特別的事。怎麼了嗎？」

「我們是來找黃金書籤的，想知道村子裡有沒有相關的傳聞。」

「抱歉，我沒聽說。」

「或是你有聽說黑魔法師的事嗎？因為天氣突然變糟，我以為是黑魔法師出現了。」

「我也沒聽說。」

「看來黑魔法師還沒出現，我們要趕在他之前找到黃金書籤。」

「太好了！」

「快找出來吧！」

「總覺得這次會很順利。」

「如果是這樣就好了。」

「我們人這麼多，大家分頭尋找，應該很快就能找到黃金書籤。」

「你這個小不點真是機靈呢！」

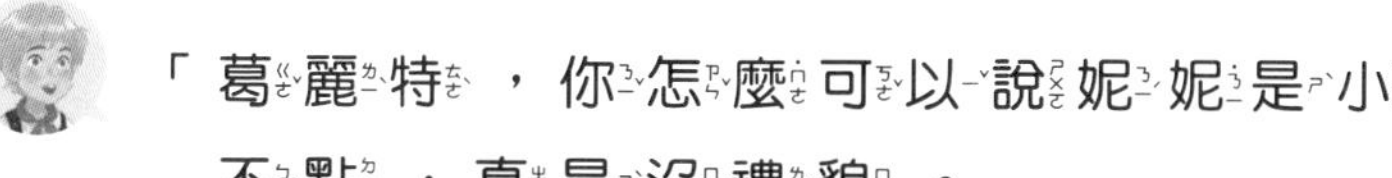

「葛麗特，你怎麼可以說妮妮是小不點，真是沒禮貌。」

「我只是覺得她很可愛……」

「雖然我和葛麗特的年紀差不多，不過我很高興聽到你因為我可愛而叫我小不點，哈哈！」

「妮妮不僅嬌小、可愛，還很勇敢、機靈喔！」

從天邊狂瀉而下的雨水不知不覺變成了雪花，外面再次被冰雪覆蓋，變成一片銀白色的世界。

佳妮和妮妮向漢賽爾與葛麗特說明她們是如何來到范特西爾，以及過去姐妹倆是如何找到黃金書籤。

「如果在現實世界打開魔法之書，我們就會前往需要尋找黃金書籤的王國。」

佳妮說的話激起了葛麗特的好奇心。「黃金書籤長什麼樣子啊？」

妮妮興奮的回答：「它是用黃金打造而成，閃耀著金色的光芒。每個王國的書籤都長得不一樣，但是一看到那個光芒就知道了。」

佳妮接著說：「它通常藏在故事主角的身邊，或是和主要事件有關的地方。」

「所以在這個王國中，它會在我和葛麗特的附近囉？」漢賽爾把手放在下巴，認真思考。

佳妮微笑著接話：「沒錯，在你們身邊的機率很高。」

「我們先把你們家的每個角落都找找看吧！」妮妮笑嘻嘻的說道。

第3章
尋找黃金書籤

四個人在房子裡分頭尋找。葛麗特將抽屜一個一個拉開來看，佳妮掀開地毯仔細檢查，漢賽爾連烤箱裡都不放過。

「如果有帶毛毛來就好了，牠的鼻子很靈，一定很快就能找到黃金書籤。」

佳妮搖搖頭。「這裡有很多毛毛不能吃的食物，沒帶牠來才是對的。」

「看來黃金書籤不在我們家裡。」葛麗特沮喪的垂下肩膀。

突然間，佳妮指著一扇門。「那裡還沒找過，那是什麼地方？」

漢賽爾急忙擋在門前。「那裡是地下室倉庫，我和葛麗特今天早上才大掃除過，什麼都沒看到。」

葛麗特也附和道：「沒錯，我們掃得很乾淨，連一點灰塵都沒有，更沒看到像是黃金書籤的東西。」

妮妮失望的說：「如果不在你們家裡，黃金書籤會在哪裡呢？」

佳妮忽然靈光乍現。「會不會在森林裡？」

葛麗特鬆了一口氣，接著說道：「這裡的森林就像迷宮，非常危險。」

佳妮點點頭。「正因為危險，不會有人輕易靠近，黃金書籤才有可能躲在那裡。」

妮妮補充：「或是它不小心被埋在大雪裡了。」

「進入森林之前，我們要做點準備，以免迷路。」漢賽爾提醒。

妮妮想起故事中的情節，笑著說：「我們可以準備小石頭，因為麵包屑可能會被鳥吃掉。」

佳妮遲疑的說：「現在外面一片雪白，小石頭可能會被雪埋沒而看不到。」

「我有更好的方法。」妮妮自信的說著，邊把手伸進魔法之書。

「上次去爬山的時候，在樹上看到很多緞帶，爸爸媽媽說，那是登山客為了避免迷路所做的記號。我們也在經過的樹木綁上緞帶吧！」

漢賽爾與葛麗特緊盯著妮妮，看著她從魔法之書拿出一條條緞帶。

佳妮稱讚妮妮：「你真聰明！這樣我們就能安心進入森林了。」

於是四個人一邊尋找黃金書籤，一邊在經過的樹木綁上緞帶。

「這樣做既顯眼，又不會傷害樹木，真是一舉兩得。」

看著妮妮不斷從魔法之書拿出緞帶，漢賽爾好奇的詢問：「使用魔法之書的時候，需要念咒語嗎？」

妮妮笑著回答：「不用，只要想著自己需要的東西就可以了。」

「魔法之書很神奇吧？你也想要一本嗎？」佳妮俏皮的眨眨眼。

漢賽爾像是被看穿心思，害羞的抓抓頭。「世界上有不想要魔法之書的人嗎？」

佳妮和妮妮不禁笑了出來。「哈哈哈！說的也是。」

此時，四個人來到一片五彩繽紛的花田，那裡彷彿是另一個世界，在積滿白雪的森林中顯得格格不入。

突然間，魔法之書從妮妮的包包裡飛出來，浮到花田上方的半空中。

葛麗特驚訝的大喊：「魔法之書有反應了，黃金書籤好像在這裡。」

佳妮等人彎下腰，仔細的在花朵間翻找，直到他們的腰開始痠痛時，妮妮忽然高興的大叫。

「我找到了，尋寶果然是我的專長！」

妮妮把找到的黃金書籤夾進魔法之書，閃耀著金色光芒的黃金書籤很快便消失在書頁中。

「這次果然很順利！」

妮妮雙手叉腰，十分得意，她接著附和佳妮說的話：「太順利了，反而有點無聊呢！哈哈哈！」

咕嚕嚕！

在姐妹倆聊天的時候，妮妮的肚子突然響了起來。

「姐姐，我好像太用心找黃金書籤了，現在肚子好餓喔！」

聽了妮妮說的話，葛麗特笑著提議：「為了慶祝你們找到黃金書籤，今天的晚餐就由我和哥哥來招待。」

漢賽爾點頭贊同葛麗特的提議。「我們趕快回家開派對吧！」

萬歲！

雖然佳妮和妮妮想幫忙準備晚餐，但是漢賽爾與葛麗特極力阻止。很快的，熱呼呼的濃湯、油亮亮的烤雞、爽口的沙拉和濃郁的義大利麵、香噴噴的派和麵包等料理就上桌了，讓人很難相信這是兄妹倆在短時間內準備好的。

「這些料理都是你們做的嗎？」

「好厲害！你們是廚師嗎？」

佳妮和妮妮看著桌上豐盛的佳餚，不禁食指大動。姐妹倆向漢賽爾與葛麗特道謝後，就盡情享用這些美味的料理。

能順利完成任務，又能大快朵頤，讓佳妮和妮妮放下心裡的大石頭，開心的說起現實世界的事，以及每次來到范特西爾的冒險過程。

「這裡真的裝潢得好漂亮，一點都不像巫婆的家。」

「巫婆的家也可以很漂亮，人們為什麼經常把她和黑暗、壞事畫上等號呢？」

「說的也是，也許她只是和一般人不太一樣。」

「沒錯，我們不可以因為稱呼而有先入為主的想法。」

「不過巫婆確實通常都是壞人。」

「也有善良的巫婆啊！為什麼大家都對巫婆印象不好呢？」

「大概是因為有些巫婆長得又老又醜，經常嚇到人吧！」

「每個人都會變老，長相也不是自己能決定的，怎麼可以用外表來判斷一個人的好壞！」

「是的，以貌取人是不對的。」

「也許我們能和巫婆成為好朋友喔！」

「真的嗎？你真的覺得能和她當朋友嗎？」

「但是這個王國的巫婆會騙小孩，還會把小孩抓來吃掉，太可怕了！」

「她說不定有苦衷……」

「吃小孩會有什麼苦衷啊！」

「葛麗特，你真的很善良，明明你也被巫婆抓過，竟然還幫她說話。」

「她善良？哈哈哈！」

「漢賽爾聽到自己的妹妹被稱讚，覺得很害羞吧？」

「就算是故事中的主角，也和現實世界中的兄妹沒兩樣。」

「我們也是現實世界中的姐妹呀！」

「說了那麼多，你們一定口渴了，喝點果汁吧！」

「謝謝你。奇怪……喝完果汁後，我忽然覺得好累……」

「我也是……」

　　一股睡意突然襲來，佳妮和妮妮的眼睛幾乎睜不開，頭也越垂越低，慢慢打起了瞌睡。她們隱隱約約聽到漢賽爾與葛麗特的笑聲變得好尖銳，最後眼前一黑就睡著了。

不知道時間過了多久，佳妮才打著呵欠，從睡夢中醒來。

「呼啊！晚餐吃著、吃著就睡著了，真不可思議。」

佳妮伸了伸懶腰，忽然睡意全消，因為她發現自己不是在溫暖明亮的廚房裡，而是在一個陰暗的地方。

「妮妮，快醒醒！」

佳妮慌張的搖醒躺在旁邊的妮妮。

「我再睡5分鐘……」

「現在不是賴床的時候，大事不妙了！」

佳妮焦急的聲音讓妮妮不情願的醒來，原本睡眼惺忪的她，一看到周圍的狀況也徹底清醒了。

「這裡是哪裡？」

「我也不知道。」

兩人確認彼此沒有受傷後，先鬆了一口氣，但妮妮馬上激動的大聲喊道：「魔法之書不見了！」

幸好口袋裡有手機，姐妹倆打開手機的手電筒，又驚又怕的環顧周圍。

「這是……柵欄？我們被關在籠子裡了！」

「上次在人魚公主的王國時，我們被關進監獄，這次竟然是籠子，怎麼越來越小了？」

妮妮說著玩笑話，想苦中作樂，但佳妮想起那段經歷就緊皺眉頭。

妮妮繼續用燈光照亮四周，試圖搞清楚狀況。

「姐姐，你看那邊。」

燈光照到的地方有另外一個籠子，裡面有兩個縮著身體的人。

「好刺眼！可以把燈移開嗎？」其中一個人說道。

「對不起。」

妮妮把燈光照向天花板，那兩個人才轉過頭來。一看到他們的臉，佳妮和妮妮就驚訝的大喊：

「漢賽爾與葛麗特？」

佳妮和妮妮自我介紹後，葛麗特率先對摸不著頭緒的姐妹倆解釋。

「首先，和傳聞不一樣，巫婆沒有被殺死。我們沒有那麼殘忍，而是請她待在這個地下室倉庫裡反省，我和哥哥則在糖果屋裡幫助迷路的人。」

某天，有一個自稱在森林裡迷路的人來到糖果屋，他長得很和善，而且看起來累壞了。

漢賽爾與葛麗特請那個人共進晚餐，沒想到兄妹倆卻在吃飯時睡著了。等他們醒來一看，才發現自己被關進倉庫裡。

漢賽爾接著說：「我們被關在這裡的時候，一直在想巫婆去哪裡了，但一點頭緒都沒有。直到今天晚上，我們才看到巫婆和一個穿著黑色披風的人把你們帶來這裡。」

葛麗特在一旁點點頭。

佳妮聽完後，慢慢拼湊著真相：「我們今天一整天都和你們……不，是假扮成你們的冒牌貨在一起。」

「然後巫婆和一個穿著黑色披風的人把我們帶到這裡關起來……」妮妮也低頭思考。

佳妮恍然大悟的說：「也就是說，假的漢賽爾與葛麗特就是穿著黑色披風的人和巫婆！黑色披風……難道是黑魔法師？他也穿著又黑又長的披風！」

葛麗特回答：「那件黑色披風的確很長，而且那個人的聲音很低沉。」

妮妮歪著頭，十分困惑。「黑魔法師為什麼不直接攻擊我們，反而親切的招待我們呢？」

佳妮氣憤的拍了一下大腿。「因為他要利用我們找到黃金書籤，再趁機奪走魔法之書。」

妮妮頓時火冒三丈，握緊拳頭。「難怪我覺得那個葛麗特走路的樣子像老婆婆，我睡著前還聽到他們的笑聲突然變得很尖銳。」

雖然謎題都解開了，姐妹倆卻一點成就感也沒有，反而又氣又沮喪。

「都是因為我們只看外表，才會輕易上當。」

「我們第一次看到糖果屋的時候也是，被那個迷路的人騙的時候也是。」

「我們怎麼這麼容易就上當了呢？好氣自己喔！」

「唉！我身為姐姐，更應該提高警覺才對。」

「我和哥哥一開始也覺得是自己做錯了，如果我們能忍住飢餓，就不會被巫婆抓到……但不是這樣的，騙人的人才是壞蛋。」

「是的，你們沒有錯。」

「謝謝你們，我的心情好多了。我們趕快想想怎麼逃出這裡吧！」

「沒錯，必須阻止黑魔法師占領我們的王國。」

「你們說這裡是倉庫？」

「對，這裡是我們家的地下室倉庫，只要能離開籠子，我們就能從祕密通道逃入森林。」

「這裡有祕密通道嗎？」

「是的，因為我們曾經迷路和被關起來，所以在各個地方都建了祕密通道，才能有備無患。」

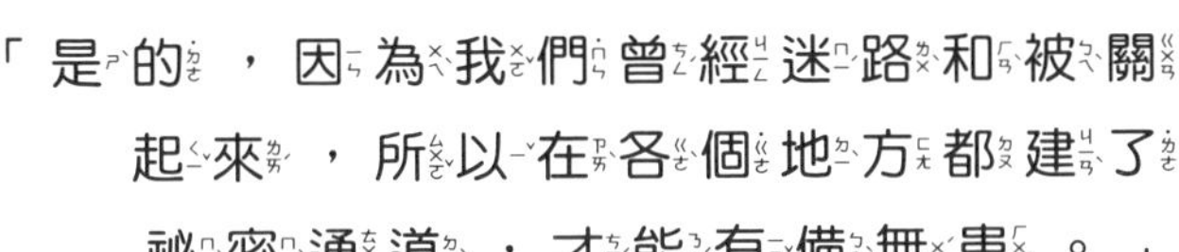

「從倉庫連接到森林裡的通道就是其中一條。」

「你們真厲害！」

「那麼我們只要從籠子逃出去就可以了。」

「好像在電視上看過這樣的魔術秀。」

「妮妮，現在不是開玩笑的時候。」

「我只是想緩和緊張的氣氛……那要怎麼逃出籠子呢？」

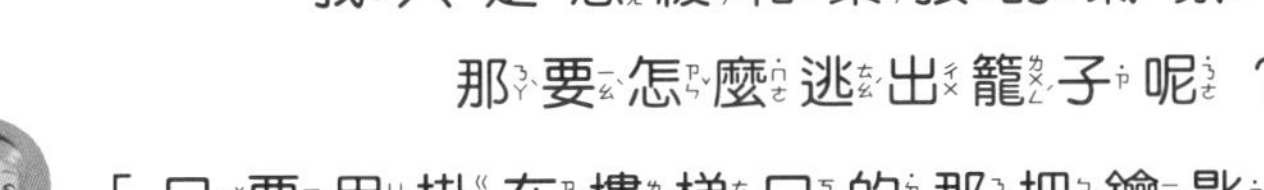

「只要用掛在樓梯口的那把鑰匙，就可以打開籠子。」

「可是我們還沒想出該怎麼拿到它。」

「現在加上我們，四個腦袋一起想，應該就能想出辦法。」

「如果有魔法之書，就能馬上拿到鑰匙了。」

佳妮輕拍妮妮的肩膀安慰她。「即使沒有魔法之書，我們也能逃出去。」

從佳妮說的話中得到鼓勵的妮妮，忽然靈機一動。「既然鑰匙不能過來這裡，我們過去那裡就好啦！」

妮妮這番沒頭沒腦的話讓大家一頭霧水，她趕緊說明方法。

「我和姐姐先用力把籠子推到樓梯口，拿鑰匙打開籠子，再放你們出來，這樣大家都能得救了。」

另外三個人立刻拍手叫好，接著佳妮和妮妮按照計劃移動籠子。

「一、二、三，推！」

姐妹倆合力來到樓梯口，佳妮伸長了手才拿到鑰匙，先打開她們的籠子，接著是漢賽爾與葛麗特的籠子。

「謝謝你們，終於得救了。現在跟著我們走吧！」

漢賽爾與葛麗特帶領佳妮和妮妮來到倉庫一處角落。

「這裡有祕密通道？看起來很普通啊！」

漢賽爾笑著說：「別忘了，眼睛看到的不是一切。」

葛麗特蹲下來，用裙襬擦一擦牆壁，上面馬上浮現一道門的形狀，她輕輕一推，小小的石門就打開了。

「跟我走。」

佳妮、妮妮和漢賽爾跟在葛麗特身後，走進小小的通道中。

他們一個接一個從祕密通道裡出來，確認周圍安全後，漢賽爾馬上用樹枝把入口蓋起來，再鋪上雪。

佳妮驚訝的說：「這樣真的看不出來有祕密通道，你們真聰明，黑魔法師一定沒想到我們能逃出來。」

葛麗特笑著說：「誰叫我們兄妹倆擁有豐富的逃跑經驗呢！」

此時，佳妮和妮妮發現旁邊的樹上有個熟悉的東西。

興奮的妮妮搶先踏上前進的路。「跟著緞帶走就能回到糖果屋，我來帶路……」

但是妮妮話還沒說完，就忽然失去蹤影了。

佳妮看到妮妮在眼前消失，頓時大驚失色，她緊張的大喊：「妮妮，別開玩笑了，快出來！」

這時候，從某處隱約傳來妮妮驚慌的呼喊聲。「姐姐，我在這裡！」

雖然聲音就在附近，但是放眼望去，卻看不到妮妮的身影。

佳妮一邊焦急的尋找，一邊不停的喊叫：「我看不到你，你到底在哪裡？」

此時，佳妮突然發出「啊」的一聲大叫，她的身影也瞬間消失在漢賽爾與葛麗特面前。

「有陷阱！別亂動，我們可能也會掉進去！」

發覺有危險的漢賽爾擋在葛麗特身前，兩人站在原地，小心翼翼的查看佳妮和妮妮消失的地方。接著，他們發現那裡堆滿乾樹枝，上面還鋪著雪，看起來像是普通的路面。

佳妮和妮妮的聲音同時從那個地方傳來。「漢賽爾、葛麗特，我們掉進陷阱了！」

漢賽爾與葛麗特趕緊找來又粗又長的大樹枝，放進陷阱裡，讓佳妮和妮妮沿著樹枝爬上來。

好不容易才逃出陷阱的佳妮，擦著額頭上斗大的汗珠。「謝謝你們。好奇怪，之前這裡明明沒有陷阱。」

漢賽爾仔細檢查緞帶指向的路。「等等，這條路通往懸崖啊！」

佳妮和妮妮嚇得大喊：「怎麼會這樣？」

「這些緞帶是你們綁的記號？那應該是通往糖果屋的方向才對。到底是誰把緞帶換了地方，還設置了陷阱？」

「當然是黑魔法師和巫婆囉！」

「等等，他們也怕迷路，所以做了回去的記號。」

「在哪裡？」

「這根樹枝被折斷後綁到原本的樹枝上，那根樹枝也是，這些一定是他們做的記號。」

「原來如此。」

「做記號的方法有很多種，為什麼要特地折斷樹枝呢？竟然不懂得愛護大自然，真是可惡！」

「對了，假葛麗特曾經說過，巫婆說不定有苦衷，這句話一直讓我覺得很疑惑。」

「這麼說來，巫婆也對我說過類似的話。」

「所以我們只是請巫婆待在倉庫一段時間，再找機會和她聊聊，希望她能改過自新。」

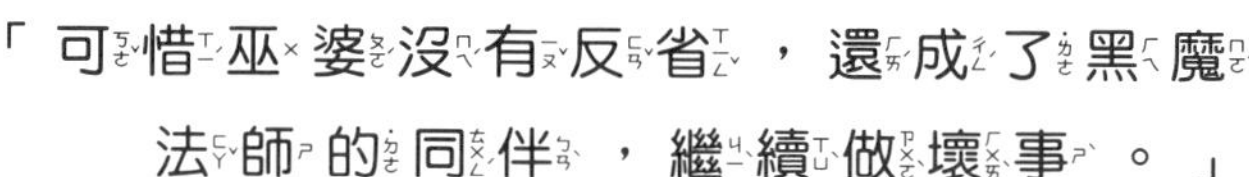

「可惜巫婆沒有反省，還成了黑魔法師的同伴，繼續做壞事。」

「我們先想辦法教訓不斷攻擊我們的黑魔法師，再考慮要不要給巫婆機會吧！」

「我想到一個好辦法。」

「什麼辦法？」

「我們也重新設置記號，讓那些綁起來的樹枝和緞帶交換！」

「黑魔法師和巫婆會上當嗎？」

「也許會，但是我覺得折斷樹枝不太好……」

「別擔心，我們把掉在地上的樹枝撿起來用吧！」

「謝謝你把我從那個地下室倉庫中救出來，這件事結束後，我一定要把漢賽爾與葛麗特抓起來吃掉！」

黑魔法師對巫婆說的話沒有任何回應，但巫婆毫不在意，繼續說道：「魔法之書和黃金書籤都到手了，還有什麼事是我能幫忙的嗎？」

這時候，黑魔法師終於開口了，他用低沉的嗓音說著：「當然有。我要讓范特西爾只剩下邪惡的人、事、物，這個王國就交給你處理了。」

巫婆聽到這番話，非常開心。「沒問題，這正是我期望的。」

嘻嘻嘻！

「把這個王國變成以巫婆為主角的恐怖童話故事如何？人們只要吃下巫婆做的糖果，就會被她控制。」巫婆盡情講著可怕的故事。

黑魔法師說：「隨便你，只要讓這個王國充滿黑暗與不幸就好。」

巫婆露出大大的笑容，腦中已經開始計劃要怎麼做。

黑魔法師接著說：「還有，你必須讓王國內所有居民都服從我，最好奪走他們的靈魂，我就能完全控制他們。」

這番話讓巫婆靈機一動。「那麼，我先變身成平凡的老婆婆，讓人們吃下我做的魔法餅乾，變成絕對服從你的空殼吧！」

「請大家嚐嚐看我做的餅乾。」

巫婆變身成和藹的老婆婆，發送餅乾給村子裡的人。

村民們被香味吸引，無論男女老少都接過巫婆做的餅乾，一口接一口的吃著。

「我第一次吃到這麼好吃的餅乾！」

「又酥又脆，好吃到連舌頭都要吞下去了！」

每個人都對餅乾的美味讚不絕口，但是沒過多久，吃完餅乾的人漸漸變得面無表情且不發一語。因為餅乾中注入了太強烈的魔法，讓他們的腦中一片空白，無法思考。

看到計劃成功，巫婆得意的大笑。「哈哈哈！你們平常都討厭我、無視我，這下看你們能怎麼辦！」

村民們按照巫婆的命令，分成大人和小孩兩列隊伍依序站好，黑魔法師則在此時來到村子。

黑魔法師看著因為吃了餅乾而眼神呆滯的村民們，滿意的點點頭，然後伸出雙手，像在指揮似的揮動，接著所有人都看向黑魔法師並立正站好。

黑魔法師緩緩開口：

「從現在開始，我就是這個王國的統治者。」

雖然黑魔法師說出了令人震驚的發言，但是失去靈魂的村民們沒有任何反應。在寂靜的村子裡，只有黑魔法師低沉的聲音迴盪著。

嗡嗡嗡！

黑魔法師向村民們宣布，這個故事的主角已經消失，魔法之書和黃金書籤都在他的手中。接著，他手拿魔法之書，大聲喊出自己的野心。

這個王國將被黑暗統治！

黑魔法師伸出又長又尖的手指，想要翻開魔法之書，但書頁卻像黏住似的，一動也不動。於是他使出更大的力氣，然而魔法之書依舊毫無動靜。

眼前的景象讓巫婆十分訝異。「怎麼會這樣？那對姐妹很輕鬆就翻開啦！而且如果用蠻力都行不通，應該要找其他方法……」

不等巫婆說完，黑魔法師就惱羞成怒，大聲喊道：「吵死了！這點小事還用得著你教我嗎？」

黑魔法師的披風下冒出陣陣黑煙，團團包圍住魔法之書，並讓它浮在半空中。然後，黑魔法師對著魔法之書大聲念出魔咒：

古普，艾地內普！

魔法之書因為強烈的魔咒力量而抖動了幾下，但仍然緊緊闔上，讓黑魔法師氣得雙眼都變成火紅色。

站在一旁的巫婆手足無措，忍不住心想：黑魔法師竟然連一本書都打不開，我要不要分一點魔力給他？

感覺到巫婆憐憫自己的目光，被傷了自尊心的黑魔法師怒氣沖天，披風下的黑煙也瞬間失控，四處亂飛。

正當黑魔法師瞪著魔法之書，束手無策的時候，他忽然想起了佳妮和妮妮，這才領悟到或許只有她們能打開魔法之書。

黑魔法師以冰冷的口氣說：「我需要那兩個從現實世界來的小鬼。」

生怕再次激怒黑魔法師，巫婆小心翼翼的問：「你要我把她們帶來這裡嗎？」

「別浪費時間！那兩個小鬼在倉庫，我們趕快回去糖果屋！」隨著黑魔法師的怒吼，黑色披風下冒出更多黑煙。

被黑魔法師嚇到差點忘記呼吸的巫婆，只能乖乖走在他身後。

佳妮、妮妮、漢賽爾與葛麗特平安穿過森林，躡手躡腳的靠近糖果屋。

「先從窗戶看看狀況吧！」漢賽爾說道。

「廚房裡沒有人。」

佳妮接續葛麗特的話。「客廳裡也沒有。」

「屋子裡好像沒有任何人。」

聽了妮妮的話，佳妮擔心的說：「他們會不會躲起來偷襲我們？」

「我進去看看。」

佳妮還來不及阻止，妮妮已經把門打開一道縫隙，迅速溜進去了。剩下的三個人緊張的貼著牆壁，口乾舌燥的不停吞口水。

沒一會兒，妮妮就跑出來。「裡面沒有任何人。」

坐立不安的三個人這才鬆了一口氣。

「黑魔法師和巫婆去哪裡了？」

「該不會是發現我們逃走後，去找我們了吧？」

「你們口渴嗎？我們先到屋子裡喝點果汁……」

突然間，大量的火球朝四個人飛來。

轟！

一行人驚險的與火球擦肩而過，回頭一看，火球飛來的方向站著黑魔法師和巫婆。

快躲進屋子裡！

「大家沒事吧？」

「沒事！門也要緊緊關上！」

「黑魔法師一直發射火球！」

「糖果屋承受得住這麼猛烈的攻擊嗎？」

「用餅乾做成的牆壁好像很容易倒塌。」

「雖然外層是餅乾，但是內層很堅固。」

「不過終究是木材，所以不能防火。」

「那邊的牆壁燒出一個洞了！」

「這邊也燒出一個洞了，怎麼辦？」

「太危險了，離那些洞遠一點！」

咻咻咻！

「這是什麼聲音？」

「黑魔法師好像製造了龍捲風！」

「他要像我們在安妮家的倉庫那樣，把糖果屋也吹飛嗎？」

「沒錯！對了，你們不認識安妮吧？」

「不認識，但我們可以想像倉庫被吹飛的樣子。」

「這樣就夠了。」

「糖果屋撐不住了，快躲到地下室倉庫！」

屋子外面，黑魔法師和巫婆正準備吹飛糖果屋。巫婆在黑魔法師做出的黑色龍捲風上噴灑加強威力的魔法藥水，藉此出一分力。

雖然軟糖和餅乾很輕，但是其他糖果比想像的重，所以龍捲風無法輕易捲起糖果屋。儘管如此，屋子內層的堅實木板還是一片片被吹走。

噠噠噠！嚓嚓嚓！

終於，糖果屋無法抵擋龍捲風的威力，隨著可怕的巨響飛了起來。

黑魔法師和巫婆發出令人毛骨悚然的笑聲，大步走向糖果屋的殘骸，燒焦的木材和餅乾還在冒著黑煙。

「討人厭的小鬼們，束手就擒吧！」巫婆得意的對著黑煙大喊。

但是黑煙散開後，還是沒有看到佳妮等人，於是黑魔法師的視線轉向地下室倉庫的門。

「往這裡逃了嗎？臭小鬼的動作還真快！」

巫婆打開地下室倉庫的門，慢慢走下樓梯。

著急的黑魔法師在後面催促。「你能不能走快一點？」

巫婆慌張的說：「對不起，因為我的腳不方便……」

原本堆放在地下室倉庫的麵粉，因為來自地面的震動而四處紛飛，除此之外，只有空蕩蕩的籠子，並沒有佳妮等人的身影。

巫婆沒有提燈，在黑暗中環視一圈後，驚訝的喊道：「小鬼們不見了！就像用了魔法，憑空消失了！」

黑魔法師不相信巫婆說的話，急忙走到地下室倉庫查看，但是他也找不到半個人影。

「那些臭小鬼既不會使用魔法，也沒有魔法之書，他們是怎麼辦到的？」

「而且漢賽爾與葛麗特根本沒什麼冒險的經驗，應該會成為那兩個女孩的累贅才對！」

此時，在繞著圈子尋找佳妮等人的巫婆身後，出現了一個小小的黑影。

葛麗特從祕密通道走出來，悄悄的靠近巫婆。

「巫婆的眼睛和耳朵都不好，只要輕手輕腳的慢慢靠近，即使距離很近，她也不會發現。」

雖然一切如計劃般順利進行，但是看著葛麗特逐漸靠近巫婆，待在祕密通道裡的三個人還是提心吊膽。

葛麗特站在巫婆身後，輕輕抖動自己的裙襬。儘管巫婆的眼睛和耳朵都不好，不過嗅覺非常靈敏，她偷偷露出陰險的笑容，接著朝葛麗特所在的地方潑灑魔法藥水。

「葛麗特，你不知道自己身上有成天製作餅乾和糖果的甜味嗎？」

但是葛麗特靈巧的躲過巫婆的攻擊，迅速跑回祕密通道，而巫婆潑出的魔法藥水則灑到了黑魔法師的腳背上。黑魔法師受到突襲，立刻朝潑出魔法藥水的方向發射火球，被火球打個正著的巫婆倒在地上大聲慘叫。

「你在做什麼？」

「對不起，我不知道是你，因為我聞到葛麗特的味道，所以……」

「可惡，沒用的東西！」

「拜託饒了我，我一定能幫上你的忙！」

「算了，我一個人就夠了，你把剩下的魔力都給我，趕快消失吧！」

「你怎麼可以如此對待我……」

佳妮等人躲在祕密通道裡，偷聽黑魔法師和巫婆的對話。

「黑魔法師好像要消滅巫婆！」

「巫婆會就這樣消失嗎？」

「或許吧！」

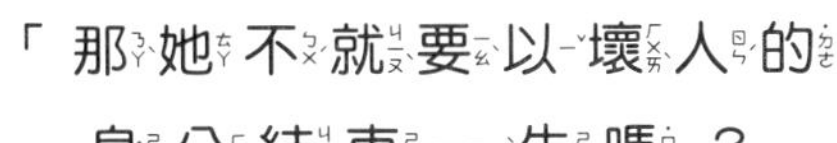

「那她不就要以壞人的身分結束一生嗎？」

「沒辦法讓她有反省的機會，確實有點遺憾。」

「我們就是不希望這樣，才請她待在倉庫裡。」

「雖然巫婆很可憐，不過我們無能為力……」

「黑魔法師，快住手！」

「妮妮！」

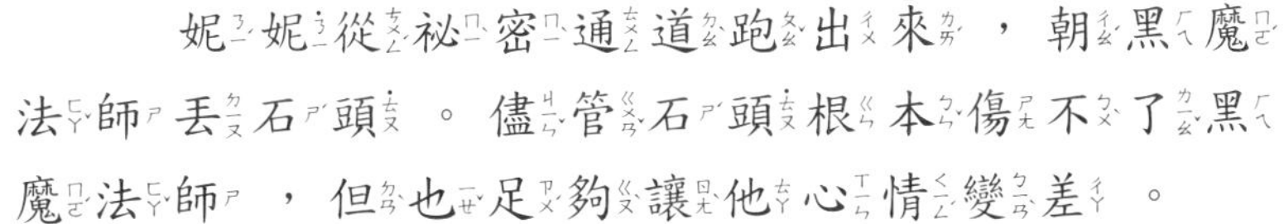

妮妮從祕密通道跑出來，朝黑魔法師丟石頭。儘管石頭根本傷不了黑魔法師，但也足夠讓他心情變差。

臭小鬼，竟敢對我丟石頭！

妮妮轉身回到祕密通道，四個人隨即快步往外跑。於是憤怒的黑魔法師丟下巫婆，跟在佳妮等人身後來到森林，接著發射大量火球。

雖然黑魔法師的攻擊十分猛烈，佳妮等人卻善用自己嬌小的身形，在草堆和樹木後方四處躲藏，避開黑魔法師的火球。

黑魔法師不斷發動攻勢，但是當他發現佳妮等人正朝著緞帶指示的方向前進後，立刻露出奸笑。

「他們沒發現緞帶被我們換了方向，這麼一來，我只要等他們掉進陷阱或懸崖就可以了。」

黑魔法師裝出打不中他們而生氣的樣子，繼續追趕在後。可是當佳妮一行人來到陷阱附近時，卻遲遲沒有傳來四個人慘叫或跌落的聲響。

「看來他們僥倖躲過陷阱了，不過接下來還有懸崖！」

黑魔法師收起得意的笑容，再次假裝怒吼：「臭小鬼，別跑！」

看你們往
哪裡跑！

轟！
哇啊！

妮妮，
你沒事吧？
噓！我
假裝被打
中了。

咻
咻
咻！
葛麗特，
來這邊！

你們這是困
獸之鬥……
勾住！
不穩！

糟了！
飛出去！
魔法之書！

我拿到了！
還給我！

妮妮，接住……哇啊！

你無處可逃了！

放開漢賽爾！

黑魔法師氣得咬牙切齒，用黑煙困住漢賽爾，使漢賽爾劇烈的咳嗽著，但是他並沒有因此認輸。

「黑魔法師，你不覺得丟臉嗎？對手是小孩，你居然還使用魔法！」

黑魔法師用黑煙把漢賽爾抓到自己的面前，漢賽爾非但不害怕，反而睜大雙眼，瞪著黑魔法師。

憤怒的黑魔法師把黑煙收得更緊，使漢賽爾越來越難以呼吸。

妮妮想打開魔法之書，請托米出來幫忙，魔法之書卻緊緊闔上，完全沒有動靜。

「為什麼打不開？以前從來沒發生過這種事！」

看到驚慌的妮妮，黑魔法師陰險的笑了。

「原來你們也打不開啊！那我不需要你們了。我先消滅你們，再想辦法打開魔法之書。」

佳妮焦急的來到妮妮身邊，但即使姐妹倆合力，也無法翻開魔法之書。

不過姐妹倆沒有輕易放棄，佳妮大聲喊道：「魔法之書，請幫助要拯救范特西爾的我們！」

被佳妮和妮妮一人抓住一邊的魔法之書，突然翻了開來，同時發出耀眼的金色光芒。姐妹倆因為刺眼的光芒而閉上眼睛，當她們再次睜開眼睛時，黑魔法師已經消失了。

葛麗特趕緊跑向倒在地上的漢賽爾，雖然他大口喘著氣，但幸好沒有受傷。

「結束了嗎？」佳妮和妮妮兩腿發軟，跌坐在地上。

此時，托米從魔法之書裡現身了。一看到托米，妮妮就大哭了起來，那是夾雜著安心和委屈的眼淚。

「托米，你怎麼現在才出現？我們差點被黑魔法師消滅了！」

托米為妮妮擦乾眼淚。「抱歉，因為我感覺到有一股黑暗魔法接近魔法之書，我知道一定是黑魔法師，所以才緊緊闔上書本，不讓他打開。只是我太專注，不知道魔法之書已經回到你們手上了。」

托米安撫著佳妮和妮妮，把她們緊緊抱在懷裡，感受到托米溫暖的擁抱，姐妹倆的心情這才平靜下來。

托米接著說：「黑魔法師還在這個王國裡，村民們有危險了，我們趕快過去吧！」

托米把佳妮等人抱在懷中，往空中一跳，他的身體隨即變成熱氣球的模樣，乘著風快速飛向村子。

出發！

黑魔法師來到村子裡，村民們仍被魔法餅乾控制，一動也不動的站著，黑魔法師立刻對這些失去靈魂的村民們發出陰森的指令。

「黑暗是最強大的，成為我的僕人吧！」

村民們像軍人一樣列隊站好，表情則慢慢變得凶狠。

咻咻咻！

村民們一看到搭乘熱氣球抵達村子的佳妮等人，馬上拿起腳邊的石頭朝他們丟去。

哇啊！

「這是怎麼回事？」葛麗特驚慌的大叫。

四個人趕緊用手護住頭和身體，同時躲開飛來的大小石頭。

漢賽爾慌張的說：「大家的表情好奇怪！」

妮妮喊道：「他們好像中了黑魔法師的魔咒！」

「但這些人是無辜的，我們不能反擊！」

托米附和佳妮的話：「沒錯，在解開村民們中的魔咒之前，我來擋住他們吧！」

托米把身體變得非常大，整個包覆住村民們。雖然他們不斷掙扎，甚至對托米拳打腳踢，仍然無法從托米柔軟的身體中逃脫。

看著托米不斷被村民們攻擊，妮妮有些擔心。「托米，你沒事吧？」

托米笑著回答：「別擔心，我沒事。黑魔法師就交給你們阻止了，你們一定辦得到，我相信你們！」

佳妮、妮妮、漢賽爾與葛麗特勇敢的挺身而出，黑魔法師發射了比之前大很多的火球，妮妮迅速從魔法之書拿出滅火器，噴向襲來的大火球。

雖然撲滅了火球，但黑魔法師改用狂風攻擊，導致滅火器的白色粉末都飛到佳妮等人身上。黑魔法師接著使出暴雨，讓四個人身上的白色粉末變得又黏又稠。

一連串的攻擊讓四個人難以招架，眼看黑魔法師又在準備下一波的攻擊——

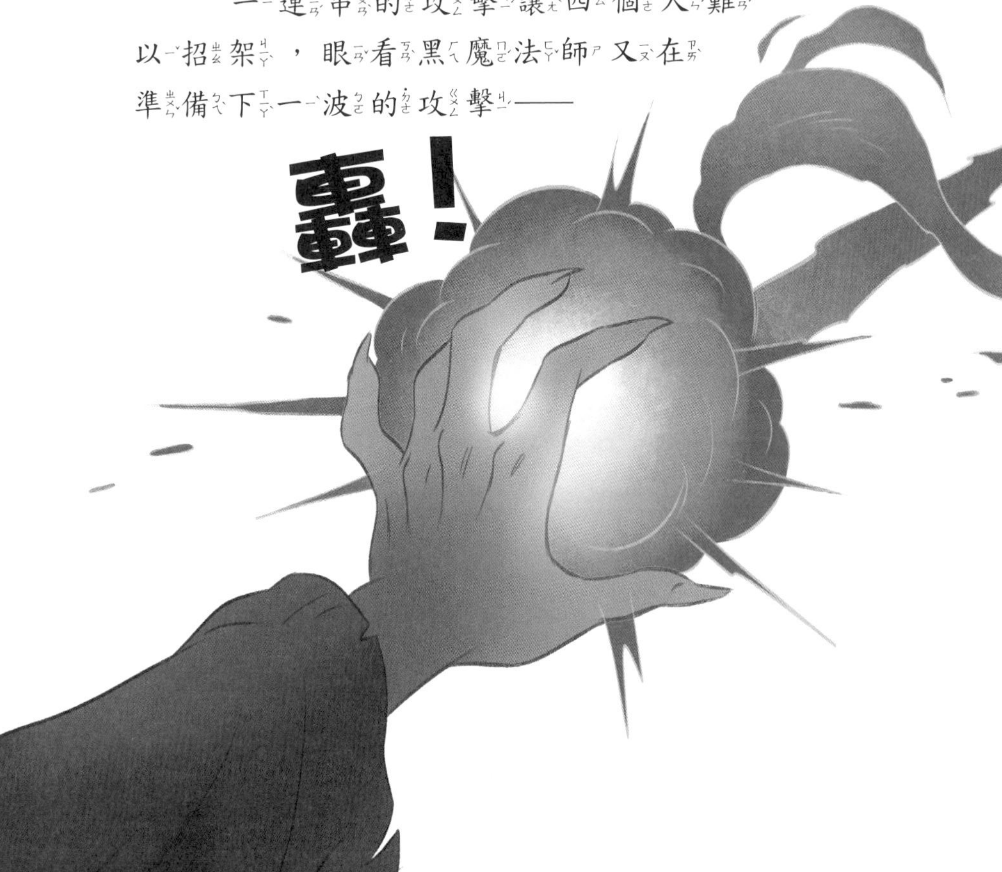

佳妮與漢賽爾護著妮妮和葛麗特，雙眼緊閉。

啵！

奇怪的聲響讓四個人好奇的睜開眼睛，卻發現黑魔法師痛苦的扭曲著身體，原來他被魔法藥水擊中了。

吃我這招！

黑魔法師被火焰團團包圍，站在不遠處的巫婆則手持魔法藥水，氣勢洶洶的瞪著黑魔法師。

「你這是……」

沒想到巫婆會攻擊他，黑魔法師目瞪口呆，半天說不出話來，托米和佳妮等人也是一樣的反應。

巫婆一臉堅定的走向黑魔法師。

「一開始是因為村子裡的孩子總是嘲笑我又老又醜，我太生氣了，想讓他們見識我的厲害，才說出要抓小孩來吃的狠話。當然，無論出於什麼理由，我的確做錯了，我必須反省，而且……」

巫婆轉頭看著佳妮等人，表情瞬間變得柔和。

「這幾個孩子對我很溫柔，他們為活在黑暗世界的我帶來光明。比起害怕、厭惡，他們更努力理解、說服我，還想和我成為朋友……」

巫婆的聲音微微顫抖著。

「他們沒有以貌取人，光是這點，就讓我感受到莫大的喜悅。這幾個孩子和只想利用我的你不同，我要回報他們的恩情，所以我要消滅你！」

巫婆從懷裡拿出巨大的魔藥瓶，裡面的藥水像是沸騰般咕嘟、咕嘟的滾著氣泡，威力似乎非同小可。巫婆打開蓋子，用力朝黑魔法師潑出藥水，黑魔法師趕緊變成黑煙，逃向空中。

魔法藥水變成五彩的氣體，包圍變成黑煙的黑魔法師，接著兩團氣體在空中纏鬥著。

「雷伊肯勃肯！地波肯，砰地，嘛砰，嘛一登特雷內！」

巫婆念出咒語，五彩氣體隨即用力抓住黑煙，並全力將黑煙拖往巫婆手上的空瓶子裡。儘管黑煙嘗試掙脫，卻依然逐漸被拉進瓶子裡。

在黑煙全部進入瓶子之前，它使出最後的力氣掙扎，讓巫婆站不穩而跌坐在地上。

巫婆虛弱的說：「快蓋上瓶子，這樣才能關住黑魔法師。」

漢賽爾趕緊接過瓶子，再用軟木塞牢牢封住。同一時間，村民們也擺脫魔法餅乾的控制，清醒了過來。托米立刻放開他們，並將身體恢復成原來的大小。

村民們發現跌坐在地上的巫婆後，隨即大喊著：「邪惡的巫婆，你怎麼敢出現在這裡！」

村民們聚集起來，對巫婆說著難聽的話，因為力氣耗盡而動彈不得的巫婆只能縮著身體忍耐。

這時候，漢賽爾站出來擋在巫婆身前，以宏亮的聲音對村民們說：「請大家冷靜，她已經改過自新了，不但救了我們，還從黑魔法師手中保護了這個王國。」

葛麗特點點頭，也站了出來。「沒錯，她以前確實做過壞事，但那是有苦衷的，請大家再給她一次機會。」

佳妮和妮妮也加入聲援。「而且她做的料理和甜點都超好吃！」

佳妮等人的舉動讓巫婆感動的流下了眼淚。

「是的，我不會再做壞事了。」

村民們你看我、我看你，決定相信巫婆和四個孩子的話，於是不再口出惡言，各自散開了。

漢賽爾與葛麗特把巫婆扶起來，並牽起她的手。巫婆許久沒有感受到這樣溫暖且溫柔的對待，淚水似乎又要奪眶而出了。

「你們的手就和你們的心一樣溫暖。」巫婆哽咽著說。

漢賽爾與葛麗特笑了笑。

「我們回去糖果屋，重建倒塌的房子，一起為迷路的人獻上餅乾和熱牛奶吧！」

買完零食，從商店回家的路上，妮妮默默牽起佳妮的手。

「姐姐，你知道我不會以貌取人，不是因為你漂亮才喜歡你吧？」

佳妮笑了笑，回握妮妮的手。

「妮妮，你也知道我不是因為你可愛才喜歡你吧？」

妮妮噗哧一笑。「雖然很肉麻，但有些事還是要說出來，才能讓對方明白。看到姐姐因為我說的話而開心，讓我也很開心。」

佳妮也笑著說：「你說的話比糖果屋院子裡的巧克力噴泉還甜呢！」

「姐姐說的話也比糖果屋牆壁上的糖果更甜喔！」

　　姐妹倆相視而笑，妮妮拉著佳妮的手，大步走回家。「這麼甜的話還是適可而止好了，我快要蛀牙了，哈哈哈！」

第9集搶先看

佳妮和妮妮竟成為故事主角？

在第9集中，妮妮竟然變成國王，佳妮則變成公主！她們能不被發現，直到主角回來嗎？

先回想妮妮在哪幾集中，擔任故事的主角呢？答案在後面唷！

1. 拯救彼得潘

2. 愛麗絲的奇幻仙境

3. 阿拉丁與神燈

4. 綠野仙蹤黑魔法

5. 紅髮安妮的煩惱

6. 變身美人魚

7. 遇見森林王子

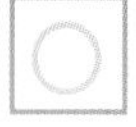

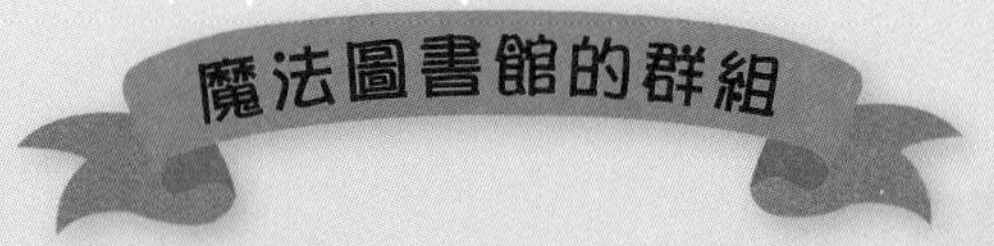

魔法圖書館的群組

托米邀請佳妮和妮妮加入群組。

我每天都吃蛋糕還是會覺得好吃，想出「糖果屋」這個點子的人是天才！

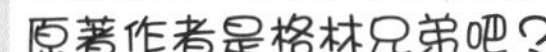

原著作者是格林兄弟吧？

正確來說，格林兄弟並不是《格林童話》的作者。

真的嗎？

《格林童話》是格林兄弟將收集來的故事和傳說，加以改寫與編輯而成。

故事和傳說要怎麼收集呢？他們那個年代又沒有網路。

要像你們收集黃金書籤一樣，用心的走訪各地，打探消息啊！

聽起來很累，但是很有趣呢！

格林兄弟認為故事和傳說是蘊含民族特色的寶物，所以不辭辛勞記錄下來。

《格林童話》中有很多則故事，為什麼黃金書籤會在〈糖果屋〉的王國裡呢？

是不是因為它和其他故事不一樣？

〈糖果屋〉的主角是小孩，並且靠自己克服了危機，是一則述說勇敢與機智的故事。

沒錯，漢賽爾與葛麗特真的很勇敢。

而且不輕易認輸，就和要拯救范特西爾的我們一樣。

沒錯！我相信你們辦得到！

作者介紹

格林兄弟

德國的童話收集家
兼語言文化研究者

哥哥　雅各布・格林
1785年1月4日～1863年9月20日

弟弟　威廉・格林
1786年2月24日～1859年12月16日

格林兄弟出生於德國的城市哈瑙，在家裡的五男一女中，身為長子的雅各布和次子威廉的感情特別好。全家人曾因為父親工作的關係，搬到大城市居住，但在雅各布11歲那年，父親去世了，兩年後，爺爺也去世了，家中只剩下媽媽艱難的維持生計。正因如此，他們一家人相互扶持，雅各布和威廉也累積了深厚的手足之情，長大後更一起學習語言學和文字學，《格林童話》便是他們研究的成果。

格林兄弟在大學遇見薩維尼教授，明白了以前的記錄和資料的重要性，認為那是德國民族精神的文化遺產，於是從1806年開始收集故事和傳說，並於1812年出版第一本童話《兒童與家庭童話集》，俗稱《格林童話》。格林兄弟從此聞名於世，但他們不因此驕傲自滿，反而不斷修訂與增補內容，期望更符合社會大眾的需求，最後竟收錄了高達200多則童話。

雖然是兄弟，但兩人擅長的領域不同，哥哥雅各布的個性較嚴謹，負責收集故事，弟弟威廉擅長寫作，負責改寫故事。多虧兄弟二人齊心合作，《格林童話》才能兼顧架構與趣味，長年受到全世界讀者的喜愛。

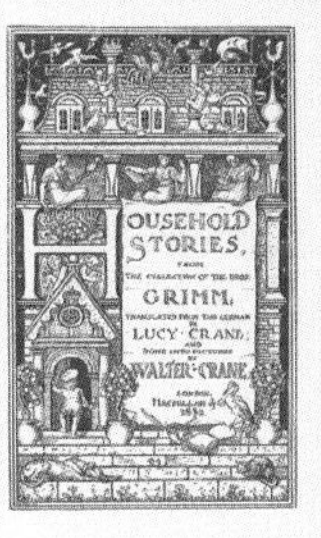

《格林童話》的內頁。

找出隱藏的書籤
找出隱藏在糖果屋的8個黃金書籤吧！

佳妮和妮妮從魔法之書拿出許多零食，

要跟漢賽爾與葛麗特分享，你知道他們吃了什麼東西嗎？

1 紅	2	餅		6		9 洋		片
	花			糕				
			5			10	淇	
3	苔		丁					
				7 堅	8		11	包
4 巧		力			凍			

① 有紅豆、奶油、芋頭等各式各樣的口味，還可以夾進珍珠、餅乾、麻糬等配料。

② 用豆漿製成，口感軟嫩，經常淋上糖水或豆漿，再搭配花生或豆類等配料享用。

③ 主要原料是海裡的紫菜，加上調味料後做成片狀，可以單吃，也可以加入菜餚。

④ 可以是固體、液體或糊狀，許多甜點都會用到它。可以是甜的，也可以是苦的。

⑤ 外觀是黃色或淡黃色，底下偶爾會有焦糖醬，也可以做成巧克力、芒果等口味。

⑥ 主要原料是雞蛋和麵粉，在生日、節日等慶祝的日子裡最常吃的甜點。

⑦ 花生、核桃、腰果、杏仁、栗子、榛果、開心果等植物果實的統稱。

⑧ 口感Q彈、外觀晶瑩，中間偶爾會有果實，有橘子、鳳梨、水蜜桃等各種口味。

⑨ 主要原料是馬鈴薯，通常是薄薄一片，口感酥脆，還會撒上海苔、起司等配料。

⑩ 用機器擠出一圈一圈的樣子，放在杯子裡或甜筒上，邊吃會邊融化的零食。

⑪ 可以夾肉、蛋和菜當成正餐，也可以做成菠蘿、肉鬆、草莓等口味當成零食。

彼得潘
桃樂絲
愛麗絲
紅髮安妮
毛克利

Fantasia
糖果屋
人魚公主
阿拉丁

國家圖書館出版品預行編目（CIP）資料

魔法圖書館 8 怪奇糖果屋 / 智逌莉作；李景姬繪；石文穎譯 . -- 初版 . -- 新北市：大眾國際書局，2023.2
136 面；15x21 公分 . --（魔法圖書館 ；8）
譯自：간니닌니 마법의 도서관 . 8, 헨젤과 그레텔
ISBN 978-626-7258-00-2（平裝）

862.599　　111020828

小公主成長學園CFF032

魔法圖書館 8 怪奇糖果屋

作　　者　智逌莉
繪　　者　李景姬
監　　修　工作室加嘉
譯　　者　石文穎

總 編 輯　楊欣倫
執行編輯　李季芙
協力編輯　徐淑惠
特約編輯　林宜君
封面設計　張雅慧
排版公司　芊喜資訊有限公司
行銷統籌　楊毓群
行銷企劃　蔡雯嘉

出版發行　大眾國際書局股份有限公司 大邑文化
地　　址　22069 新北市板橋區三民路二段 37 號 16 樓之 1
電　　話　02-2961-5808（代表號）
傳　　真　02-2961-6488
信　　箱　service@popularworld.com
大邑文化 FB 粉絲團　http://www.facebook.com/polispresstw

總 經 銷　聯合發行股份有限公司
電話　02-2917-8022　　傳真　02-2915-7212

法律顧問　葉繼升律師
初版一刷　西元 2023 年 2 月
定　　價　新臺幣 280 元
I S B N　978-626-7258-00-2

大邑文化讀者回函

謝謝您購買大邑文化圖書，為了讓我們可以做出更優質的好書，我們需要您寶貴的意見。回答以下問題後，請沿虛線剪下本頁，對折後寄給我們（免貼郵票）。日後大邑文化的新書資訊跟優惠活動，都會優先與您分享喔！

您購買的書名：＿＿＿＿＿＿＿＿＿＿＿＿＿＿＿＿

您的基本資料：

姓名：＿＿＿＿＿＿，生日：＿＿年＿＿月＿＿日，性別：□男　□女

電話：＿＿＿＿＿＿＿＿，行動電話：＿＿＿＿＿＿＿＿

E-mail：＿＿＿＿＿＿＿＿＿＿＿＿＿＿＿＿

地址：□□□-□□＿＿＿＿＿＿縣／市＿＿＿＿＿＿鄉／鎮／市／區

＿＿＿＿路／街＿＿＿段＿＿＿巷＿＿＿弄＿＿＿號＿＿＿樓／室

職業：

□學生，就讀學校：＿＿＿＿＿＿＿＿＿＿，＿＿＿＿＿年級

□教職，任教學校：＿＿＿＿＿＿＿＿＿＿＿＿＿＿

□家長，服務單位：＿＿＿＿＿＿＿＿＿＿＿＿＿＿

□其他：＿＿＿＿＿＿＿＿＿＿＿＿＿＿＿＿

您對本書的看法：

您從哪裡知道這本書？□書店　□網路　□報章雜誌　□廣播電視

□親友推薦　□師長推薦　□其他＿＿＿＿＿＿＿＿＿＿

您從哪裡購買這本書？□書店　□網路書店　□書展　□其他＿＿＿＿＿

您對本書的意見？

書名：□非常好□好□普通□不好　　封面：□非常好□好□普通□不好

插圖：□非常好□好□普通□不好　　版面：□非常好□好□普通□不好

內容：□非常好□好□普通□不好　　價格：□非常好□好□普通□不好

您希望本公司出版哪些類型書籍（可複選）

□繪本□童話□漫畫□科普□小說□散文□人物傳記□歷史書

□兒童/青少年文學□親子叢書□幼兒讀本□語文工具書□其他＿＿＿＿＿

您對這本書及本公司有什麼建議或想法，都可以告訴我們喔！

＿＿＿＿＿＿＿＿＿＿＿＿＿＿＿＿＿＿＿＿

＿＿＿＿＿＿＿＿＿＿＿＿＿＿＿＿＿＿＿＿

＿＿＿＿＿＿＿＿＿＿＿＿＿＿＿＿＿＿＿＿

220-69
新北市板橋區三民路二段 37 號 16 樓之 1
大邑文化　收

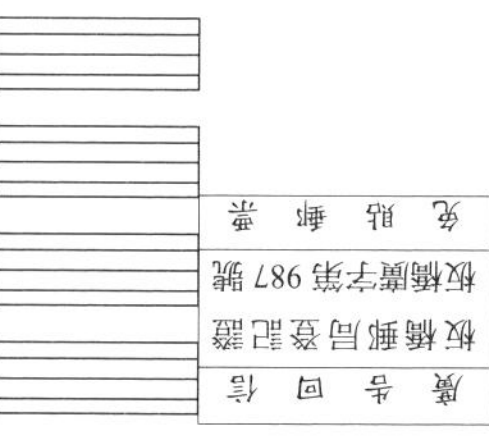

寄件人地址：
□□□-□□ ＿＿縣／市＿＿鄉／鎮／市／區
＿＿路／街＿＿段＿＿巷＿＿弄＿＿號＿＿樓／室

大邑文化

服務電話：（02）2961-5808（代表號）
傳真專線：（02）2961-6488
e-mail：service@popularworld.com
大邑文化 FB 粉絲團：http://www.facebook.com/polispresstw

第124頁的答案。

第128頁的答案。

第129頁的答案。

1 紅	2 豆	餅		6 蛋		9 洋	芋	片
	花			糕				
			5 布			10 冰	淇	淋
3 海	苔		丁					
				7 堅	8 果		11 麵	包
4 巧	克	力			凍